Anne Gutman . Georg Hallensleben

La ffunción de magia

Editorial Juventud

Pronto iba a ser la fiesta de la escuela
y teníamos que organizarlo
todo con la señora Baladi, la maestra.
Gaspar y yo fuimos a pedir a los tenderos
del barrio lotes de regalos para la tómbola.

Se portaron muy bien. Nos dieron:

Tiritas de todos los colores, que probamos en el camino.

Un jamón tan grande, que tuvimos que llamar a papá para llevarlo.

En la óptica, nos regalaron unas gafas de sol muy bonitas.

El dueño de la juguetería no nos dio nada
porque no se creyó lo de la tómbola.

Gaspar y yo compramos muchos números,
pero ganó la hermana mayor de Simón.

Después de comer, jugamos en el patio:
carreras de carretillas, pesca con caña...

También nos maquillamos.
Lo hicimos tan bien,
que no reconocí a Gaspar.

Pero tuvimos que prepararnos de prisa
porque estaba a punto de empezar el espectáculo.
Habíamos inventado un número de magia:
«Las palomas maravillosas y la caja mágica».
Y un número de domador con la feroz Pepita.

Puede que la red de Gaspar fuera demasiado pequeña...
porque no logramos atrapar ni una sola paloma.

Menos mal que yo tenía mi oca de peluche
y Gaspar la familia de patos.
Nuestro número salió muy bien.

Luego Gaspar se metió dentro de la caja mágica.

Pero cuando se escondió debajo de la mesa
para hacer creer que había desaparecido...

¡QUÉ DESASTRE! Todos se pusieron a reir, porque el mantel era demasiado corto.

Gaspar se puso rojo como un tomate y se fue.
Y yo me encontré sola con Pepita,
que se negaba a hacer el recorrido.
Es más, no quiso ni moverse.
Creo que incluso se durmió.

Fue horrible, un fracaso total.
Entonces yo también me fui.

En aquel momento empezaron los aplausos.
Cuando oímos que incluso gente que no era de nuestra familia
gritaba: «¡Bravo! ¡Bravo!», volvimos a salir al escenario.

Nos aplaudieron mucho, mucho rato.
Gaspar dijo que seguramente todos habían creído
que lo habíamos hecho a propósito.

Papá y Mamá estaban
muy orgullosos de mí.